Underdanig Kone

Erika Sanders
Serie
Dominans og erotisk underkastelse

Synopsis

Rachel og Roger er et normalt par som har vært gift i tjue år.

Barna deres går allerede på universitetet, så de bor alene hjemme.

Men mannen er ikke fornøyd med deres seksuelle forhold, han synes de er kjedelige, så han bestemmer seg for at de skal søke råd fra en veldig spesiell ekteskapsrådgiver.

Hvem er denne ekteskapsrådgiveren som Roger spesielt anbefaler til sin kone for å forbedre deres ... seksuelle teknikker?

Underdanig Kone er en roman med et sterkt erotisk BDSM-innhold og på sin side en ny roman som tilhører Erotic Domination-samlingen, en serie romaner med et høyt romantisk og erotisk BDSM-innhold.

(Alle karakterer er 18 år eller eldre)

Merknad om forfatter:

Erika Sanders er en internasjonalt kjent forfatter, oversatt til mer enn tjue språk, som signerer sine mest erotiske skrifter, langt fra sin vanlige prosa, med pikenavnet sitt.

Indeks

UNDERDANIG KONE
ERIKA SANDERS

DEL EN:
20 års ekteskap

KAPITTEL 1

Det var nok en natt med intetsigende sex.

Men ingen av dem klaget.

Etter 20 års ekteskap var sex blitt mer rutine enn noe annet.

Rachel gikk tilbake til sengs etter å ha vasket seg mellom bena.

Hun slo av lyset, la seg under dynen og la seg ved siden av mannen sin.

"Det var deilig," sa han.

«Det var det», svarte Roger. "Litt bedre siden gutta gikk på college, ikke sant?"

Hun dyttet ham med albuen.

"For en forferdelig ting du sier."

"Men du må innrømme, det er bra at vi ikke trenger å holde ting stille lenger. Og vi kan la døren stå åpen."

Rachel tenkte seg om et øyeblikk.

"Jeg antar det. Men likevel savner jeg dem så mye."

"Jeg også."

Hun lukket øynene.

"God natt."

"God natt, kjære," svarte han og kysset henne på pannen.

KAPITTEL 2

Dagen etter var en typisk arbeidsdag for Rachel.

Hun var regnskapsfører for et mellomnivå regnskapsfirma.

Med den nylige økonomiske veksten i sentrum av byen, hadde han mye arbeid å gjøre for nye kunder.

Til lunsj spiste hun med den samme gruppen kvinner som hun hadde spist med de siste årene.

De snakket om sine vanlige emner: sladder, underholdningsnyheter, familie, barna deres, nye oppskrifter osv.

De var alle bestevenner og likte alltid hverandres selskap.

Klokken var nesten seks på kvelden da Rachel kom hjem.

Rogers bil sto allerede i oppkjørselen.

Da han kom inn i huset var det spesielt stille.

Roger pleide å si raskt «hei».

Hun ropte til ham, men fikk ikke noe svar.

Da Rachel kom inn på kjøkkenet, viklet et par armer seg rundt kroppen hennes bakfra.

Hendene hennes berørte brystet hans lystig.

Hun skrek høyt.

"Ok!" sa han og slapp henne. "Det er meg! Det er meg!"

Han snudde seg raskt for å se et forbløffet blikk i ansiktet til Roger.

Han forventet tydeligvis ikke at kona hans skulle reagere slik.

"Gud! Roger! Aldri skrem meg sånn igjen!"

"Ville overraske deg".

"Hvordan var det en overraskelse?" hun var sint. "Du skremte meg i dagslys. Jeg trodde jeg ble angrepet!"

"Unnskyld. Jeg prøvde bare å være romantisk."

"Det er ikke noe romantisk med å bli berørt på den måten."

"Jeg beklager. Jeg vil ikke gjøre det igjen."

Rachel brukte et øyeblikk på å roe seg ned.

"Jeg mente ikke å bli så sint. Det er bare, vær så snill, ta litt mer hensyn til overraskelsene dine, ok?"

"Vi har det aldri gøy lenger. Har du lagt merke til det?"

"Vær så snill Roger, jeg er ikke i humør for dette akkurat nå."

"Ok," sa han enig beseiret.

Rachel snudde seg og gikk til soverommet for å skifte klær.

Han satte seg opp i sengen og sukket.

KAPITTEL 3

Den neste dagen.

Rachel satt ved datamaskinen og gjorde regnskapsarbeidet sitt.

Telefonen hans ringte.

Det var mannen hennes.

Hun svarte på anropet, og da Roger fortalte henne at det var viktig, sa hun at hun måtte vente et øyeblikk mens han gikk ut for mer privatliv.

Han lurte på hva samtalen kunne handle om.

Roger ringte sjelden mens hun var på jobb.

Han antok at det ikke kunne være på grunn av kampen deres i går, fordi han allerede hadde fikset det samme kveld.

"Ja?" Han sa da han var utenfor, borte fra de andre kollegaene.

«La oss ta en tur neste uke», svarte han rett ut. "Det er et rolig sted hvor vi kan gå nær kysten."

"Jeg kan virkelig ikke. Ting er veldig travelt med arbeidet mitt akkurat nå."

"Min er også slik. Men vi kan få plass. Vi kan gå neste fredag og bli i helgen. Bare ta en dag fri fra jobben."

«Men det er ikke nødvendig med dette», svarte hun og prøvde å resonnere med ham. "Jeg er ikke sint på deg. Hadde vi ikke ryddet opp i det i går kveld?"

"Dette handler ikke om i går. Det handler om ekteskapet vårt."

Disse ordene sendte et fullstendig sjokk ned hele ryggraden til Rachels føtter.

Han hadde alltid antatt at ekteskapet deres var sterkt og at han ga Roger alt han noen gang hadde ønsket seg i en kone.

"Er ekteskapet vårt i trøbbel?" hun spurte.

"Ikke snakk slik. Men det er en måte å gjøre ekteskapet vårt... bedre..."

Nok et signal gikk nedover ryggraden hennes.

"Hva handler denne turen om?"

— Jeg tror det er noen som kan hjelpe oss.

"En ekteskapsrådgiver?" spurte hun overrasket.

Han stoppet opp et øyeblikk.

"Ja. Noe sånt. En ekteskapsrådgiver."

"Vi har det ikke så ille, gjør vi? Jeg tenkte...jeg trodde..."

stemme ble kvele og øynene hennes vann.

«Vi gjør ikke noe galt», svarte han og prøvde å berolige henne. "Men jeg tror vi kan forbedre oss. Dette er noe jeg har tenkt på en stund."

"Fint. Hvis du tror det er til det beste."

"Takk, kjære. Beklager at jeg ringte deg på jobben. Det er en ting i siste øyeblikk. Hun hadde en åpning i siste øyeblikk i timeplanen og ønsket å dra nytte av det."

Rachel hevet et øyenbryn.

"Hun? Er rådgiveren en kvinne?"

"Ja."

"Hva vet du om denne personen? Hvorfor trenger vi å reise så langt for ham?"

"Jeg skal forklare senere. Men hun har et unikt rykte. Og jeg tror hun kommer til å gjøre underverker for oss."

"Hvis det er det du vil, så greit."

"Jeg er glad du er åpen for dette. Vi diskuterer detaljene i kveld."

"Ok, bye ."

"Ha det."

Samtalen ble avsluttet og Rachel ble lamslått med telefonen i hånden.

En bombe hadde blitt sluppet over henne, men hun innså at hun ville gjøre alt som måtte til for å holde ekteskapet sterkt.

KAPITTEL 4

Flere dager senere.

Rachel sto på rommet og brettet klær til neste tur.

Hun visste at været kom til å bli varmt, så hun pakket t-skjortene, shortsene, sandalene og badedraktene som Roger ba henne ta med siden de skulle være i nærheten av stranden.

Hun ville ikke dra, ikke bare fordi ideen kom til å koste dem tusenvis av dollar, men fordi hun trengte å bruke mye tid på jobben, og denne tapte dagen ville bli en dag hun måtte ta igjen .

Men hvis dette var det beste for ekteskapet deres, så ville hun ikke slåss om det.

Det som plaget ham mest var at Roger var uvanlig kort og vag i spørsmålet om ekteskapsrådgivning.

I alle ekteskapsårene hadde de alltid vært åpne om alt.

Det hadde aldri vært hemmeligheter.

Det var aldri noen løgner.

Det er derfor ekteskapet deres var så vellykket.

Inntil nå...

Hun brukte mye tid på å lure på hvorfor Roger ønsket å se en rådgiver.

Hva er galt med ekteskapet vårt?

Jeg trodde alt var bra.

Jeg trodde alt var perfekt mellom oss.

Er det sexen?

Er jeg ikke god nok lenger?

Vil du ha noen andre?

Har han en affære?!

Kofferten var nesten full.

Det var bare badedrakten som gjensto.

Det var et gammelt par i skapet hans.

Som hun ikke hadde brukt på flere år.

Han kledde av seg foran speilet.

Hun så på den nakne kroppen hans.

De lette linjene i ansiktet hans hadde vokst.

Brystene hennes, som tidligere var veldig muntre, hadde begynt å synke.

Hoftene hans ble tykkere til tross for aerobe øvelser.

Sannheten er at det ikke er overraskende at Roger ønsker å se en rådgiver.

Hun tok på seg badedrakten og poserte foran speilet med den.

Dette vil glede deg.

I det øyeblikket kom Roger ut av hjemmekontoret og nærmet seg Rachel med en rynke i ansiktet.

"Hva skjer?" spurte hun, fortsatt i badedrakten.

"Jeg tok akkurat telefonen med sjefen min. En av våre klienter har nettopp fått et søksmål på flere millioner dollar. Jeg kan ikke dra på den turen lenger."

Hun møtte øynene hans og visste at Roger fortalte sannheten.

En stråle av håp krysset Rachels sinn.

Hun var glad for at turen trolig ble avlyst.

«Det er synd», svarte hun. "Betyr dette at turen er kansellert?"

"Det er ingen vits i å kansellere hele turen fordi jeg allerede har betalt for flyreiser og rådgivningsopplegg. Du bør gå alene."

Hun ble overrasket.

"Du vil at jeg skal se en ekteskapsrådgiver alene? Hva er vitsen med det?"

Sukket.

"Rachel, jeg elsker deg så mye. Jeg elsker deg mer enn noe annet. Du er mitt livs kjærlighet."

"Å gud, du har en affære. Ikke sant? Det er noen andre, ikke sant?"

«Nei, det er ikke noe slikt», sa han ettertrykkelig. "Jeg ville aldri utro deg. Jeg har aldri gjort det, og jeg kommer aldri til å gjøre det."

"Så hva skjer? De siste dagene har du vært veldig unnvikende om denne turen. Du har aldri vært så hemmelighetsfull før."

Han sukket igjen og ristet på hodet.

"Unnskyld. Jeg har ikke vært helt ærlig med deg. Jeg er vel ikke så modig som jeg trodde."

"Fortell meg hva er det?"

"Stoler du på meg?"

"Selvfølgelig har jeg det. Hvis du har en affære, bare gi meg beskjed. Vi kan ordne det."

"Jeg har ingen affære, Rachel. Men jeg tror det må skje endringer i ekteskapet vårt."

"Er jeg ikke god nok lenger?" hun spurte.

"Slutt å si slike ting. Du er min kone. Jeg elsker deg mer enn noe annet."

"Så hvorfor er du ikke ærlig mot meg?" krevde.

Han ristet på hodet.

"Jeg prøver å være ærlig. Men jeg kan ikke. Dette er ikke lett. Stol på meg, jeg skulle ønske alt var enkelt."

"Jeg forstår deg ikke lenger, Roger."

En tristhet dukket opp i ansiktet hans.

"Kan du love meg at du fortsatt vil gå? Jeg vet det er vanskelig å gå slik, men jeg ville ikke spurt med mindre jeg tenkte at det kunne hjelpe til å redde ekteskapet vårt."

"Tror du ekteskapet vårt må reddes?" spurte hun med tårer i øynene.

"Vennligst ikke gjør dette vanskeligere, Rachel. Kan du love at du går alene? Jeg vil at du skal møte rådgiveren og høre hva hun har å si. Bare hør, og hvis du ikke liker det, så kom hjem . Vær så snill , jeg ber deg " .

Tårene rant allerede nedover ansiktet hennes.

Rachel druknet i dem og kunne knapt snakke.

Så la hun armene rundt mannen sin og ga ham en stor kvelende klem.

Hun kom ikke til å miste ekteskapet, uansett hva det kostet.

DEL TO:
Lady Samantha og kone

KAPITTEL 5

Rachel så en velegnet mann etter å ha forlatt flyplassterminalen med bagasjen.

Mannen holdt et skilt med navnet hans på.

De snakket og bekreftet identiteten til begge.

Hun satte seg inn i luksusbilen sin for en tretti minutters kjøretur til de nådde målet.

Hun forventet å komme til et kontorbygg.

Men han ble overrasket over å se at målet faktisk var et stort hus nær stranden, som så mer ut som et herskapshus.

Eieren av stedet var en meget rik person.

Og eieren var definitivt ikke din gjennomsnittlige ekteskapsrådgiver.

Bilen stoppet i oppkjørselen.

Sjåføren gikk til bagasjerommet for å hente bagasjen.

I det øyeblikket åpnet inngangsdøren til herskapshuset ved stranden og en høy, statuesk kvinne steg ut.

Hun så fantastisk ut, i trettiårene, med langt bølget hår og en modellkropp.

«Du må være Rachel,» smilte kvinnen. "Jeg har hørt fantastiske ting om deg."

"Det er meg. Og det er du?"

"Samantha. Velkommen til mitt hjem."

De to kvinnene håndhilste hjertelig.

"For et vakkert sted. Jeg hadde absolutt ikke forventet noe slikt."

"De fleste gjør det ikke. Det er synd at mannen din ikke kunne komme."

"Kjenner du mannen min?" spurte Rachel.

"Jeg reiser mye med faren min på forretningsreise og har sett mannen din flere ganger. Men vi kan snakke mer om det senere. Jeg er sikker på at du er utslitt. La meg vise deg til rommet ditt først."

Samantha førte Rachel og sjåføren opp trappene til det store herskapshuset til gjesterommet.

Sjåføren la bagasjen på soverommet og dro deretter.

Rachel var i en konstant tilstand av undring da hun så på herskapshuset.

Hun kunne ikke finne ut hvor mye det hele ville være verdt.

«Jeg lar deg dusje og hvile,» sa Samantha. "Håndklærne er på samme bad. Kom til stranden rundt seks om kvelden. Vi kan se solnedgangen sammen og ha litt fersk fruktjuice."

"Det høres deilig ut".

Samantha smilte.

"Ser deg da".

KAPITTEL 6

Rachel tok en kald dusj og slappet av.

Gjesterommet i huset var bedre enn noe rom på noe fancy hotell han noen gang hadde bodd på.

Alt var ren luksus og klasse.

Han lurte på hva Roger hadde planlagt.

* * *

Klokken seks kom og Rachel kom ned trappen, uformelt kledd for det varme været de befant seg i.

Han gikk ut til stranden og fant ut at utsikten var vakker.

Hun hadde glemt hvor vakkert havet kunne være, spesielt under en solnedgang.

Han så Samantha stå der og beundre utsikten over havet.

"Du er så heldig å kunne nyte dette hver dag," sa Rachel.

"Faktisk."

"Så hva er det egentlig du gjør her?"

"Hva sa Roger til deg?"

"Ikke mye, dessverre. Bare det at du er en slags ekteskapsrådgiver. Men sett ut ifra er jeg ikke helt sikker på at det er tilfellet lenger."

"Jeg gjør forskjellige ting," svarte Samantha. "Jeg gjør noe eiendoms- og utviklingsarbeid på min fars vegne. Men jeg gjør også tjenester for folk . Tjenester som jeg virkelig liker å gi."

"Hva? Ekteskapsrådgivning?"

Samantha smilte vakkert.

— Det kan du også si.

"Hvorfor er alle så vage om dette? Er det en hemmelighet jeg ikke burde vite?"

"Hvis du vil vite sannheten, har jeg hjulpet mange par opp gjennom årene. Jeg bryr meg ikke om pengene. Jeg gjør det for glede. Jeg liker å hjelpe."

"Og hvordan hjelper du disse parene?" spurte Rachel .

"Hvordan tenker du? Hva er grunnlaget for et godt forhold?"

«Kjære,» svarte Rachel.

«Sex,» blunket Samantha. "Jeg hjelper par med å få sex til å fungere for dem."

Rachel var helt sjokkert, men hun lot ikke ansiktet vise det.

Hun ble overrasket over at hennes elskede ektemann gjennom tjue år tenkte på det da han fortalte ham om henne.

"Så du er sexterapeut?"

"Jeg liker egentlig ikke etiketter," svarte Samantha. "Men jeg kan mye om sex. Jeg vet hva folk liker og hvordan det kan forbedres. Det er et naturlig talent jeg har."

"Jeg tror ikke dette er riktig for meg. Takk for den vennlige gjestfriheten, men jeg burde dra. Jeg rekker neste fly hjem."

"Du har nettopp kommet".

"Jeg vet men..."

"Roger advarte meg om at du ville være bekymret for dette."

"Har du ligget med ham?" spurte Rachel rett ut.

"Nei. Stol på meg, mannen din er en trofast mann. Jeg tok bare en titt på ham og visste at sexlivet hans var alvorlig mangelfullt. Så da jeg fant en mulighet i timeplanen min, ga jeg mannen din et tilbud."

Rachel knipet øynene.

"Ja, i bytte mot flere tusen dollar av min manns penger, ikke sant?"

"Som jeg sa, penger betyr ingenting for meg. Se rundt meg, jeg trenger ikke mannens penger. Men hvis jeg ikke belaster folk, vil jeg ha en lang rekke menn som venter utenfor døren min for gratis service. "."

"Vel, takk for gjestfriheten. Jeg vil ikke kaste bort tiden din. Dette er ikke for meg. Jeg tar neste ledige fly."

Samantha nikket.

"Det er helt forståelig. Du kan bli her så lenge du vil. Sjåføren min tar deg når du vil. Jeg skal betale mannen din tilbake så snart som mulig."

"Takk skal du ha."

«Lykke til med ekteskapet,» sa Samantha og vendte oppmerksomheten tilbake mot solnedgangen.

Rachel stoppet en lang stund.

"Hva vet du om ekteskapet mitt?"

"Mannen din ønsket dette av en bestemt grunn. Så jeg vet at sexlivet ditt må være utrolig kjedelig og monotont."

"Det er mer ved ekteskap enn bare sex. Vi elsker hverandre. Vi er gode partnere i livet."

«Fortsett å si det til deg selv», svarte Samantha. "Mannen din føler åpenbart at noe mangler i forholdet ditt. Men hvis du synes alt er perfekt, så gå gjerne unna."

Rachel tok en ny lang pause.

"Hvis jeg blir her, mener jeg, de neste dagene, hva kommer til å skje? Hva skal jeg gjøre her?"

"Hvis du blir, skal jeg lære deg gledene ved dominans og underkastelse. Det er min spesialitet. En som Roger trenger å føle at han er mannen i forholdet. Jeg kan lære deg hvordan du tjener ham ordentlig."

– Det høres litt grovt ut.

"Sex er rått. Men det er også vakkert. Når hadde du sist en fantastisk orgasme? Den typen som etterlater en sølepytt mellom bena dine."

"Jeg husker ikke," svarte Rachel. "År. Kanskje mer."

"Stakkars. Men jeg kan fikse det. Eldre kvinner, spesielt koner, er en spesialitet for meg."

"Vi kommer ikke til å... du vet..."

"Vi vil. Vi skal gjøre alt sammen."

«Det kan jeg ikke,» svarte Rachel. "Det er galskap. Jeg har aldri gjort noe med en annen kvinne før."

"Tenk på dette som en læringsopplevelse. Dessuten er det ikke dumt hvis mannen din synes det er nyttig."

"Du er absolutt veldig spent på hele dette prosjektet."

Samantha smilte.

"Det burde du også være."

"Hva nå da?"

"Nå går jeg inn igjen for å gjøre meg klar til middag. Kokken min lager noe deilig. Hvis du vil bli, bli med meg på middag. Hvis du vil dra, snakk med sjåføren min."

"Jeg vil bli."

"Middagen bør snart være klar. Vi skal bli bedre kjent med hverandre. I morgen begynner den virkelige moroa."

Samantha smilte nok et hint-fylte smil.

Så snudde han seg for å gå inn i sitt store herskapshus.

KAPITTEL 7

Den neste dagen.

En liten del av personalet serverte dem frokost i friluft.

Alt ble tatt godt vare på.

All mat var nylaget.

De to kvinnene nøt hverandres selskap over frokosten.

"Jeg kan virkelig venne meg til dette," ertet Rachel.

Samantha blunket til ham.

"Hvem lager vanligvis mat hjemme hos deg? Jeg antar at det er deg. Du virker som en veldig tamme kvinne."

"Jeg er oppdratt på gammeldags måte. Jeg kommer fra en lang rekke hjemmeværende kvinner."

"Typisk. Du har det klassiske konservative utseendet."

«Jeg hører det mye,» trakk Rachel på skuldrene. "Men med god grunn. Jeg elsker å ta vare på familien min. Jeg elsker å være den ideelle moren og konen for dem."

Samantha nikket.

"Jeg er sikker på at Roger setter pris på alt du gjør rundt i huset."

"Det gjør det," svarte Rachel. "Jeg er veldig heldig som har ham. De fleste ektemenn setter ikke pris på jobben deres koner gjør for dem."

"Roger belønner deg? Lar han deg suge pikken hans?"

"Beklager?"

" Roger lar deg suge pikken hans når du har vært en flink jente?"

Rachel ble sjokkert over den utuktige praten ved frokosten, spesielt foran personalet.

Bare prat om sex hadde alltid slått henne som i dårlig smak.

«Jeg tror ikke det er din sak,» svarte Rachel.

"Er det ikke riktig? Jeg trodde du ville ha min hjelp."

"Jeg antar, men..."

"Vær ærlig . Vi er begge voksne kvinner. Og personalet mitt er veldig diskret. Jeg prøver bare å hjelpe deg."

Rachel ga et lite sukk.

"Jeg gjør det for ham, bare noen ganger. Jeg liker egentlig ikke å gjøre det."

"Så hva handler sexlivet ditt med Roger om? Klatrer han oppå deg, gir deg noen svingninger, så kommer han?"

"I utgangspunktet."

Samantha lo nesten.

"Det er ikke et flott sexliv. Høres mer ut som en formalitet."

"Det fungerer for oss."

"Selvfølgelig ikke. Roger vil ha deg her av en grunn. Jeg hater å fortelle deg nyhetene, men Roger er en normal, kåt fyr. Han elsker sex. Og han elsker å få blowjobs. Men han er for sjenert til å spørre sin søte lille kone. for tjenester. ekstra ".

"Du er overmodig."

Samantha hevet øyenbrynet.

"Er jeg det? Har Roger noen gang avslått sex? Ser han ut som en gutt på videregående skole hver gang du suger kuken hans? Du vet jeg har rett. Alle menn er like når det kommer til sex."

«Det var ikke slik jeg ble oppdratt,» sa Rachel etter en lang pause. "Du har sikkert rett når det gjelder Roger. Men jeg vet bare ikke hvordan jeg skal glede ham lenger."

Samantha knipset med fingrene, og noen fra personalet tok frem et sexleketøy på et sølvfat.

Samantha plukket den opp og personalet dro.

Det kjøttfargede sexleketøyet var formet som en manns penis.

"Det er utrolig hvor realistiske disse voksne lekene har blitt," sa Samantha og holdt den opp i undring.

Selv om de var ute i det fri, virket det ikke som om Samantha hadde noe imot å holde en dildo.

Rachel følte seg litt ukomfortabel, selv om ingen andre var i nærheten.

"Er du ikke redd for at noen kan gå forbi og se deg med det på?" spurte Rachel.

"Det er helt lovlig å ha et sexleketøy i staten."

Rachel nikket fårete.

"Du har rett."

"Det er ikke noe galt med å kysse en heller."

"Hva mener du?"

Samantha vrikket litt med dildoen.

"Fortsett og gi ham et lite kyss."

"Fordi?"

"Jeg er nysgjerrig på hvordan du ser ut med en penis i munnen."

Rachel så nervøs ut da Samantha holdt frem dildoen, som var rettet mot ansiktet hennes.

Hun regnet med at det ville være meningsløst å krangle.

Hun var gjest i et luksuriøst hus.

Hun visste at det ville være frekt å avslå forespørselen.

Hun lente seg fremover over bordet og kysset hodet på dildoen.

"Åpne leppene dine nå," sa Samantha. "Ta ham inn."

Rachel følte seg ukomfortabel, men hun gjorde det likevel.

Hun lot sexleketøyet komme inn i munnen.

Samantha begynte å presse og trekke dildoen inn i Rachels munn for å simulere oralsex.

«Er det alt?» sa Samantha og så nøye på. "Sug det. Alt sånn. Lat som om det er Rogers."

Å høre disse ordene tente en ild i Rachel.

Hun sugde hardere, raskere og hardere .

Hun begynte faktisk å utføre oralsex til dildoen.

Før Rachel kunne fortsette, fjernet Samantha dildoen fra munnen og Rachel lente seg tilbake i setet.

"Ikke verst," sa Samantha. "Men det kan være behov for å forbedre ferdighetene dine til å blåse. Vi jobber med det senere. Jeg tror Roger vil bli veldig glad når du kommer hjem."

«Jeg håper det», rødmet Rachel.

Samantha smilte.

"Vi har en lang dag med trening foran oss. La oss fullføre frokosten og få mest mulig ut av tiden."

De spiste frokosten igjen.

Rachel så ned på maten hennes, men hun tenkte fortsatt på Samanthas siste ord.

Opplæring? Hva i helvete mente han med det?

KAPITTEL 8

Samanthas soverom bestod av et stort og romslig område.

Og det var enkelt, men elegant.

Møblene virket rustikke og dyre.

Balkongen var åpen og hadde en perfekt utsikt over havet.

«Mannen hennes fortalte meg størrelsen og målene dine,» sa Samantha. "Så jeg gikk videre og kjøpte en ny garderobe til deg."

Det var en koffert midt i rommet.

Samantha åpnet den for å avsløre en rekke klær, det meste ganske avslørende, og en rekke undertøy.

Rachel var lamslått.

"Er dette alt for meg?"

"Alt inni den kofferten er for deg. Jeg har også kjøpt deg et nytt sminkesett."

"Hva er galt med sminken min?"

«Ingenting, hvis du er regnskapsfører,» svarte Samantha. "Men hvis du vil gi mannen din en konstant boner, så må du jobbe litt hardere."

"Roger liker det slik jeg liker det."

"Du er en veldig pen kvinne. Jeg er sikker på at Roger synes du er den peneste kvinnen i verden. Men noen ganger vil menn bare ha en skitten hore på soverommet. Det er fakta."

Rachel stoppet opp.

"Jeg er ikke akkurat en ung kvinne lenger."

"Det er absolutt ingenting galt med kvinner på din alder. Alle elsker eldre kvinner. Jeg elsker eldre kvinner."

"Så hva gjør vi?"

"Det er godt å være en ordentlig, primitiv husmor. Men det er også godt å være en skitten liten tøs på soverommet en gang i blant. Det er det jeg skal lære deg."

Rachel trakk pusten dypt.

"Bra. Jeg skal ha et åpent sinn for hva du enn har å si."

"Bra. Kle av deg nå."

"Tilgi meg?"

"Bli naken. Ta av deg klærne. Alle sammen."

"Fordi?"

«Jeg trodde du sa at du holdt et åpent sinn,» sa Samantha med hevet øyenbryn. "Hvis du vil ha min hjelp, så hør på hva jeg har å si."

Det var allerede klart for Rachel at å krangle med Samantha aldri var en vinnende strategi.

Hun trakk pusten dypt for å samle motet, og tok nølende av seg klærne, brettet forsiktig hver gjenstand og la den på sengen i nærheten.

Det var litt flaut for Rachel å være naken foran Samantha, siden kroppen hennes var aldrende, og Samantha var veldig ung og sprek.

Men Rachel sa til seg selv at det var som å kle av seg foran legen.

Samantha hadde sannsynligvis sett mange nakne kvinner på hennes alder.

Hun har sett alt.

Når denne turen er over, trenger jeg aldri å se henne igjen.

Så hvem bryr seg om hun ser meg naken?

Alle klærne hennes ble fjernet, og til slutt var Rachel helt naken foran en mye yngre og mer attraktiv kvinne.

"Veldig feminin og vakker," sa Samantha med et lite hint mens hun nikket.

"Det tror du?"

"Som jeg sa, jeg elsker eldre kvinner. Og jeg elsker husmødre. Jeg synes du er ekstremt attraktiv."

Rachel trakk på skuldrene.

"Og hva er det neste?"

"Følg meg."

Samantha førte Rachel til kommoden.

Rachel satte seg foran det store speilet og et bord stablet med skjønnhetsprodukter fra kjente merkevarer.

De så begge på Rachels toppløse speilbilde i speilet.

Så brukte Samantha en fuktig serviett til å tørke av Rachels sminke til ansiktet hennes var rent.

Rynkene og alderslinjene i Rachels ansikt hadde blitt tydeligere.

"Du er så naturlig vakker, Rachel. Du er så pen."

"Takk skal du ha."

"Men vi er ikke interessert i pen akkurat nå," sa Samantha. "Vi elsker sexy. Er du klar for det, Rachel?"

"Jeg tror det."

"La oss begynne."

Samantha gikk rett på jobb med å bruke kosmetikken.

Hun lagde dyktig rouge, øyenskygge, mascara, eyeliner og en lys nyanse av rød leppestift.

Sekund for sekund så den anstendige husmoren hvordan utseendet hennes forandret seg.

Da hun var ferdig, kunne Rachel knapt kjenne seg igjen.

"Hva med?" spurte Samantha, stolt over arbeidet sitt.

"Det ser... det ser... interessant ut..."

Samantha klappet kvinnens skuldre.

"Du blir vant til det. Bare husk, dette er bare for deg og Roger. Ingen andre."

"Jeg forstår."

"Nå, la oss kle på deg, ok?"

Rachel reiste seg og fulgte Samantha inn i det store rommet.

Samantha strakte seg inn i kofferten og dro frem en tynn rød kappe.

"Prøv dette," sa Samantha. "Og se deg i speilet."

Rachel så på det nakne speilbildet sitt i speilet mens hun gled i kappen.

Hun var snau, tynn og petite.

Fremfor alt var det halvgjennomsiktig.

Fargen på brystvortene og kjønnshåret hennes var fullt synlig.

— Det er litt avslørende, synes du ikke? Rachel ga uttrykk for det åpenbare.

"Det er ideen. Når du er hjemme, vil jeg at du skal bruke dette for Roger til enhver tid. Det vil gi et lykkeligere ekteskap."

"Vil du at jeg skal være praktisk talt naken hele tiden?"

"Tenk på det, ville Roger kranglet med deg mens brystvortene dine er utsatt?"

"Det er absolutt en morsom måte å se ting på," svarte Rachel med et fnise.

Samantha smilte.

"Jeg har hjulpet mange par opp gjennom årene. Stol på meg, jeg vet hva jeg snakker om."

De to kvinnene smilte lekende til hverandre før hun prøvde seg på flere antrekk.

KAPITTEL 9

Senere samme dag.

Rachel var i en tilstand av dyp avslapning.

Jeg var på spa-rommet, alene med en utdannet massør.

Tankene hennes drev bort da ryggen fikk en ekspertmassasje.

Det var lykke.

"Jeg er glad du har det gøy," sa Samantha og gikk inn i spaet.

"Dette er himmelen."

"En god massasje er alltid himmelsk. Beklager å avbryte, men jeg tok akkurat telefonen med faren min. Noe skjedde."

Rachel satte seg opp for å høre på nyhetene.

Brystene hennes viste seg, men hun brydde seg ikke.

"Alt er ok?" hun spurte.

"Alt er bra. Men faren min spiser en viktig middag med flere av forretningsforbindelsene sine, og han vil at jeg skal bli med henne. Han vil at jeg skal vite det. Dessuten er jeg utmerket til å underholde gjester."

"Jeg burde gå?" spurte Rachel, i all hemmelighet fryktet det verste.

"Nei, nei. Men jeg er ikke sikker på når jeg kommer tilbake, så gjør deg komfortabel på stedet mitt. Jeg har allerede bedt personalet om å lage en god middag til deg. Gjør hva du vil etterpå. Det er bøker, filmer, musikk, hva du måtte ønske. Personalet mitt vil hjelpe deg med det du trenger."

"Takk, du er veldig snill."

Samantha hevet øyenbrynet.

"Hvis du er i humør for noe litt mer provoserende, så prøv DVD-samlingen på rommet mitt. Hvem vet, kanskje du ser noe du liker."

«Jeg skal ha det i bakhodet,» svarte Rachel, usikker på hvordan hun skulle tolke hintene.

"Ha det gøy. Jeg skal prøve å komme tilbake snart."

"Ha en god natt."
Samantha ga et rampete smil og dro.

KAPITTEL 10

Samme natt.

Det luksuriøse herskapshuset så litt kjedelig ut uten eieren.

Etter en tidlig middag så Rachel på solnedgangen og utforsket huset en gang til.

Han tok en titt på hva han hadde til hjemmekino- og musikksamlingen, men ingenting interesserte ham egentlig.

Nå så han på TV i stua.

Nyheten var det eneste som interesserte ham.

Han lurte på hvordan Roger hadde det.

Hun lurte på om Roger ville savne henne.

Kjedsomheten kom.

Klokken var elleve om natten og Rachel bestemte seg for å legge seg.

På vei til rommet sitt passerte hun Samanthas rom.

Døren var vidåpen.

Tilbudet om å se hennes private DVD-er var fortsatt i tankene til Rachel.

Hvorfor ikke?

Hun inviterte meg inn på rommet sitt for å se på.

Rachel gikk inn på hovedsoverommet og gikk til den store TV-en.

DVD-ene var ikke vanskelige å finne.

Det var mer enn 200 DVD-er , estimerte han.

Alle DVD-ene var hjemmelagde.

Hver DVD hadde et navn skrevet på den, sammen med en dato.

Rachel skrudde på TV-en og DVD-spilleren.

Hun valgte en tilfeldig DVD med tittelen: Joseph 03-07-2018

DVD-en startet og Rachel satte seg på sengen.

Hun ble sjokkert over det hun så.

En naken mann dukket opp på skjermen.

Han var middelaldrende og i normal form.

Han hadde ansiktet til en vellykket forretningsmann.

Penisen hans var liten og slapp.

Han så sjenert ut.

Han så rett inn i kameraet.

Han sto på et gjesterom.

Mannen oppga navn, alder og at hans yrke var eiendomsutvikler.

Scenen føltes veldig merkelig og gjorde Rachel ekstremt ukomfortabel.

Jeg kunne ikke forstå hvorfor Samantha ville ha en slik DVD.

Rachel reiste seg og skulle til å slå av DVD-en da hun plutselig hørte Samanthas stemme komme fra TV-en.

Han begynte å beordre den nakne mannen rundt.

Rachel satte seg ned igjen for å fortsette å se på.

Den nakne mannen på skjermen strøk seg.

Den lille penisen hans ble litt større og stivere.

Mannen knelte ned da Samanthas stemme befalte ham å gjøre det.

Samantha dukket opp på skjermen og Rachel gispet nesten.

Samantha dukket opp i videoen kledd i et stramt skinnkorsett, og viste frem armene og bena.

Det var en lang dildo festet mellom Samanthas ben som må ha vært minst åtte centimeter lang.

Samantha sto foran den knelende mannen, og mannen begynte å suge på penis i beltet med entusiasme.

Alt Rachel kunne gjøre var å stirre nesten i sjokk.

Hun var fullstendig vantro på at Samantha ville gjøre noe slikt med en mann.

Instinktene hans ba ham slå av DVD-en, men han kunne ikke.

Skjermen var blitt hypnotisk.

I videoen beordret Samantha mannen til å reise seg og lene seg over sengen.

Han gjorde det med entusiasme.

Samantha brukte deretter en stor mengde glidemiddel på sexleketøyet og plasserte seg bak mannen.

Rachel gispet da hun så Samantha gå inn i mannen.

Det var alt Rachel kunne tåle.

Han reiste seg og slo av DVD-en.

Da hun satte DVD-en tilbake på plass i samlingen, så hun en annen video merket Anna 23-05-2019.

Den ble spilt inn for bare noen måneder siden, og hovedpersonen skal ha vært en kvinne.

Rachel var nysgjerrig, og hun satte inn videoen og satte seg tilbake på sengen.

Videoen inneholdt en moden, naken kvinne.

Kvinnen var i begynnelsen av femtiårene.

Tydeligvis en husmor.

Videoen ble også tatt i samme rom, men denne gangen holdt Samantha kameraet og snakket med husmoren.

Samantha beordret kvinnen til å gå på kne og krype inn i Samanthas fitte.

Kvinnen utførte ekspert oralsex på Samanthas glattbarberte fitte.

Rachel ble overveldet av begjær etter å ha sett Samanthas private hjemmelagde sex-tape.

Han huket seg ned og tok på seg selv mens han så på.

Hun begynte å leke med fitta.

Lesbianisme og underkastelse var aldri hennes fantasier, men det var noe fascinerende med Samanthas hjemmevideoer.

Rachel fortsatte å gni fitta hennes til videoen tok slutt.

Så spilte han en annen video, denne gangen av et par.

Tiden fløy avgårde og Rachel hadde allerede sett noen flere videoer.

Hun kom kraftfullt og så på hjemmelaget porno.

Det var lenge siden hun hadde fått en så god orgasme.

Hun lukket øynene for å hvile en stund.

* * *

Rachel våknet av følelsen av en finger som gned huden hennes.

Øynene hans ble store.

Det var fortsatt natt.

Hun så opp for å se Samantha stå over henne med et smil om munnen.

«Jeg ser at du har likt samlingen min,» smilte Samantha.

Rachel dekket raskt til fitta.

"Å gud. Jeg er så lei meg. Jeg må ha sovnet."

"Det er ingenting å beklage. Du fant noe du liker. Nå er vi klare for neste steg."

Begge kvinnene så hverandre i øynene.

Det var et kort øyeblikks stillhet mellom dem.

Og det var også en stille forståelse for at ting var i ferd med å bli mye mer interessant.

DEL TRE:
Slaveri er vår glede

KAPITTEL 11

Frokosten var nesten vanskelig neste morgen for Rachel.

Det var første gang i livet hun ble tatt for å onanere.

Han hadde en følelse av skam og ubehag.

"Du må ha mange spørsmål," sa Samantha.

"Noe."

"Ikke vær sjenert. La oss høre på deg."

"Hva var det du egentlig gjorde i de videoene?" spurte Rachel.

"Ulike mennesker har forskjellige fetisjer. Det er et faktum av menneskelig seksualitet. Jeg tilbyr bare en tjeneste for disse fetisjene."

"Er du en slags dominatrix, eller hva hun heter i disse dager?"

Samantha smilte.

"Når jeg vil være det. Eller hvis noen trenger min hjelp."

"Kaller du det hjelp?" spurte Rachel og hevet øyenbrynet.

"Selvfølgelig gjorde jeg det. Så du hvor myc disse menneskene kom?"

Rachel følte seg plutselig sjenert.

"Var du...umm..."

"Fortsett. Bare spør. Jeg kommer ikke til å bite."

Rachel trakk pusten dypt.

" Venkte du å gjøre noen av disse tingene mot meg eller Roger? Var det planen hele tiden? Vil Roger bli sodomisert av en strap-on? Vil han se meg utføre oralsex på en kvinne?"

"Det er de store spørsmålene, er de ikke?"

"Vil du gi meg et svar?"

Samantha tok en lang, dramatisk pause mens hun drakk den ferskpressede juicen.

"Svaret er dette," svarte Samantha. "Mannen din har ingen anelse om hva han vil. Han vet at han vil ha et bedre sexliv. Han vet at han ikke vil ha sex med en følelsesløs kvinne hver uke."

"Roger kalte meg en følelsesløs kvinne?" spurte Rachel med sårede følelser.

"Ikke med de ordene. Men fra måten han beskrev sexlivet sitt på, kan du like gjerne være følelsesløs."

"Så hva tror du Roger vil? At jeg skal være underdanig som kvinnene i videoene dine?"

"Kanskje. Det var det denne turen var til for. Dessverre ble han opptatt og jeg kan ikke hjelpe ham. Men heldigvis er du her."

"Er du utro mot meg?"

"Nei. Det er han ikke. Jeg kan si at han ikke er det. Men han er nær. Sexen du gir er upassende for en mann som ham."

"Det jeg må gjøre?" spurte Rachel.

"Gjør som jeg forteller deg. Kle deg som jeg har bestilt. Sug pikken hans som jeg har lært deg. Faktisk forventer jeg at du gir ham hodet hver morgen før jobb, og igjen når han kommer hjem. Ingen unnskyldninger." ikke å gjøre det."

Rachel nikket.

"Jeg kan gjøre det."

"Men det er fortsatt mer å lære. Oralsex løser ikke alt, tro det eller ei."

"Og hva er det?"

Samantha ga ham et lurt blikk.

— Det får vi finne ut av etter frokost.

KAPITTEL 12

Det var en merkbar spenning i luften da Rachel fulgte Samantha inn i et privat rom i herskapshuset.

Rommet hadde enkle vegger og enkle møbler.

Det var en liten seng bare to meter høy.

Sengen var ganske enkelt dekket, ingen tepper eller puter, bare et laken.

"La oss ikke kaste bort tid," sa Samantha. "Din mann vil ha en underdanig kvinne. Innerst inne tror jeg du lengter etter en dominerende sexfigur."

"Jeg er helt uenig," sa Rachel bestemt.

"Åh?"

"Jeg tror ikke Roger vil ha meg på den måten. Og jeg har absolutt mine grenser. Jeg har alltid følt at et ordentlig forhold er basert på likeverd."

"Selv under sex?"

"Ja."

Samantha slikket leppene hennes.

"Du har mye å lære i dag."

"Jeg skal ha et åpent sinn til det du foreslår."

Samantha nikket.

"Jeg tok deg hit av en bestemt grunn. Dette er et rom for nybegynnere. Du er ikke klar for slaverommet ennå."

"Høres skremmende ut."

"Skremmende på en god måte. Men foreløpig holder vi oss til dette rommet fordi det er lett å rydde opp etter et rot."

"Hva skal det bety?" spurte Rachel.

"Det betyr at jeg skal få deg til å komme. Den rette måten. Jeg skal vise deg hvordan en ekte orgasme føles."

"Samantha, jeg setter pris på alt du gjør for meg, men jeg tror virkelig ikke det er nødvendig."

«Selvfølgelig gjør jeg det», svarte Samantha bestemt. "Du kan ikke bli en sann underdanig med mindre du har følt gleden av det . Vi starter sakte. Jeg vil lette deg inn i en ny livsstil."

Rachel ble rammet av ordet livsstil.

Ting holdt på å bli mer interessant.

Og jeg var nysgjerrig på å se hvor ting var på vei.

«Fint», svarte hun. "Jeg vil ikke krangle. Jeg vil ikke klage. Jeg skal gjøre det du ber om."

"Jeg vil se baken din. Jeg vil ha deg naken fra livet og ned. Legg deg så på sengen. Hold føttene på gulvet."

Rachel var bekymret for forespørselen.

Men hun gjorde det likevel siden hun hadde sagt at hun ville gjøre det uten å krangle.

Hun kledde av seg, la rumpa bar og la klærne forsiktig på sengen.

Nå sto hun med sin middels hårete busk utsatt for Samantha.

Så la han seg på den lille sengen med føttene stille på gulvet.

«Du må barbere deg senere,» sa Samantha og så på kjønnshåret.

"Min mann liker det."

"Barber deg i dag. Ikke bekymre deg, det vil vokse ut igjen."

Rachel himlet med øynene.

"Åpenbart."

"Spre nå bena. Bredt."

Rachel gjorde det.

Hun spredte bena og ga Samantha et klart syn på fitta hennes.

Hun følte seg usikker på å vise sin modne fitte til en vakker ung kvinne, men hun antok at det var en hensikt bak det hele.

"Glad nå?"

«Vakker fitte,» satte Samantha pris på. "Det er søtt."

"Skal du stå der og se på det?"

"Selvfølgelig ikke. Hvis du ikke har noe imot det, skal jeg binde bena dine til sengen før jeg får deg til å komme. Slapp av, jeg lover at du vil nyte det."

Samantha strakte seg under sengen etter noe og trakk ut et tau som hun brukte til å binde Rachels ankler til de motsatte sengestolpene.

Alt ble gjort med ekspertpresisjon.

Det var tydelig at Samantha var en ekspert på tau og bondage.

Da det var over, var Rachels ben spredt i ørnestil, bundet, og fitten hennes var spredt på vidt gap.

Et høyt sus lød gjennom rommet.

"Hva i helvete er det?" spurte Rachel og så på Samantha.

Samantha holdt opp et stort vibrerende sexleketøy som så ut og hørtes ut som et elektroverktøy.

Enheten hadde en vibrerende topp beregnet på å stimulere en kvinnes klitoris.

"Dette kommer til å endre livet ditt til det bedre. Slapp av nå."

Rachel lå storøyd på sengen.

Tingen kom mellom bena hennes.

Samantha så ut som hun var i ferd med å utføre en medisinsk prosedyre med den kraftige vibrerende enheten.

Den vibrerende toppen ble brakt nærmere den eksponerte fitten.

Den kraftige vibratoren berørte spissen av Rachels klitoris.

" Aaahhhh !!!!" den modne husmoren skrek av smerte.

Samantha trakk seg unna et øyeblikk.

"Slapp av. Slapp av, kjære. Bare slapp av mens jeg tar vare på deg."

Den kraftige vibrasjonen ble brakt tilbake til klitoris.

Rachel skrek igjen.

Hun kunne ha tryglet Samantha om å slutte.

Hun kunne ha satt seg opp og dyttet Samantha.

Hun kunne ha kjempet.

Men det gjorde hun ikke.

Rachel la seg rett og slett tilbake på sengen og absorberte den intense stimuleringen.

Selv om det var vondt, var det også et lite glimt av nytelse.

Gleden vokste og vokste.

Rachel fortsatte å være fortvilet, men prøvde å slappe av i kroppen.

Hun aksepterte den sterke følelsen.

Bena hans rykket og kjempet mot tauet, men det nyttet ikke.

Bena hans kunne ikke bevege seg.

Følelsen i kroppen hans var i konflikt.

Hun ville gjøre motstand, men hun ville også la følelsene flyte.

Hun fortsatte å stønne og kaste og slå på sengen.

Samantha presset håndflaten mot husmorens kropp.

Så dyttet hun det vibrerende sexapparatet hardt mot kliten hennes.

Stimuleringen var uvirkelig.

Den modne husmoren skrek av smerte og glede.

Bena hans kjempet mot tauet av all kraft.

Det var en tapt kamp.

Da Samantha satte to fingre inn i fitten hennes og beveget seg inn og ut, kom Rachel.

Hun løp og løp.

Hun sprutet og sprutet saftene hennes.

Det var en våt orgasme som gjorde et skikkelig rot overalt.

Rachels rygg bøyde seg voldsomt.

Tærne hans krøllet seg.

Han laget rare ansikter mens han var nesten ugjenkjennelig en stund.

Så ble kroppen hans helt slapp.

Samantha slo av enheten og smilte til jobben hennes.

Han senket apparatet og løsnet anklene til husmoren.

Hun satte seg på sengen og gned Rachels hår, og la merke til hvor vakker hun så ut.

«Ikke slit med å snakke ennå,» sa Samantha, mens hun fortsatt gned Rachels hår. "Bare slapp av. Nyt lykken din. Jeg er sikker på at kliten din må ha vondt akkurat nå."

Rachel nikket.

"Ja."

"Hvil. La kliten din komme seg. Vi fortsetter treningen senere i dag."

Samantha bøyde seg ned for å kysse Rachel på pannen, deretter på kinnet og så på leppene.

KAPITTEL 13

Tiden gikk uten hastverk.

De spiste lunsj sammen og snakket om vanlige ting.

Et vennskap vokste frem mellom dem.

Emnet sex hadde ikke kommet opp igjen, og Rachels klitoris hadde nok tid til å helbrede seg fra det vibrerende angrepet.

Rachel tok seg en lur midt på ettermiddagen, og da hun våknet, lå det en vakker svart kjole på sengen hennes.

Et par høyhælte sko lå også på sengen.

Det var en håndskrevet lapp på toppen av kjolen.

På lappen sto det:

«Ta en god, lang dusj. Påfør deretter sminken slik jeg lærte deg. Og så på kjolen og hælene uten noe annet under.

Vi møter deg nede i bondagerommet klokken seks. Døren vil bli låst opp."

Seddelen ble signert av Samantha.

Det vokste en prikking mellom bena hennes.

Rachel reiste seg og tok en dusj.

Hun tørket seg og så på den nakne refleksjonen i speilet før hun sminket seg.

Hun brukte hvert kosmetisk produkt nøyaktig slik Samantha hadde lært henne.

Rachel skiftet til kjolen foran soveromsspeilet.

Kjolen var elegant og sexy.

Hun undret seg over speilbildet.

Hun virket som en veldig annerledes kvinne.

* * *

Han gikk ned nøyaktig klokken seks om kvelden, og gikk deretter ned gangen.

Det var lett å finne ut hvor bondagerommet var.

Det var det eneste rommet i herskapshuset hvor døren alltid var lukket.

Nå var døren åpen og så ut til å ringe henne.

Bondage-rommet så kjedelig ut sammenlignet med resten av huset.

Det var en gjennomsnittlig størrelse rom med ingenting av verdi.

Det var noen bord og stoler.

Det var andre interessante ting som et tau som hang fra taket og merkelige enheter som virket grove.

Rachel gikk inn i rommet og lot øynene streife over det.

Forventningen vokste.

"Var det dette du forventet?" Samanthas stemme sa bakfra.

Rachel snudde seg for å se Samantha kledd i et rødt skinnkorsett og svarte støvler.

Hun viste frem sine tonede armer og ben, og håret ble trukket tilbake.

Hun var kledd som en ekte dominatrix.

Samantha lukket deretter døren.

"Jeg hadde forventet litt mer, for å være ærlig," sa Rachel og skjulte nervene.

"De fleste forventer mer av slaverommet mitt. Men jeg foretrekker enkelhet. Jeg liker å ha det overraskelsesmomentet."

"Hva mener du?"

"Jeg liker hvordan folk undervurderer dette rommet," smilte Samantha. "Dessverre er det irrelevant hva slags leker og utstyr som brukes. Det er viljen til å underkaste seg, og den dominerende makten over den underdanige, som gir et godt erotisk BDSM-forhold. Ikke lekene."

Rachels hender pekte mot rommet.

"Men her er vi."

«Ikke misforstå,» sa Samantha og gikk bort til husmoren. "Jeg elsker å bruke leker. Og jeg elsker også tau. De forsterker min makt over underdanige på så mange måter."

"Hva vil du gjøre med meg?"

Samanthas øyne så opp og ned på husmoren.

"Jeg glemte å nevne hvor vakker du ser ut i den kjolen. Den passer deg perfekt, og viser frem alle kurvene dine. Og sminken din, jeg er imponert. Du lærer fort."

"Takk. Du ser...umm...attraktiv ut i det antrekket."

"Jeg prøver alltid å se mitt beste ut."

"Så hva skal du gjøre med meg?" spurte Rachel igjen, nesten desperat etter å vite det.

Samantha gikk frem og førte leppene til husmorens øre.

«Jeg skal binde deg,» sa Samantha lavt. "Så skal jeg få deg til å komme igjen og igjen. Du tilhører mannen din. Men i kveld tilhører du meg. fitta din tilhører meg. Og orgasmene dine tilhører meg også."

Rachels øyne ble store.

"Å. Jeg... eh..."

"Jeg antar at Roger aldri har bundet deg."

"Aldri."

"Perfekt. Jeg elsker å være noens første. Hold i ro."

Rachel sto sjenert stille i den dyre kjolen sin mens hun så Samantha snu en enhet på veggen.

Tauet som dinglet fra taket ble senket ned til der Rachel var.

"Skal du binde meg opp med det?" spurte Rachel.

"Er det et problem?"

Rachel ristet nervøst på hodet.

"Nei."

"Bra. Gi meg nå dukkene dine."

Samantha brukte det myke tauet og bandt Rachels håndledd på en kyndig måte.

Knuten var stram.

Rachels hender var bundet.

Han gjorde ingen motstand.

Når hun festet tauet til det, gikk Samantha tilbake til veggen og snudde enheten i motsatt retning.

Dette fikk Rachels hender til å gå opp over hodet hennes.

Ingenting er for smertefullt, men nok til å hindre Rachel fra å kunne bevege seg.

"Komfortabel?" spurte Samantha med et halvt smil.

Rachel nesten skalv da hun sto med hendene bundet over hodet.

"Håndleddene mine gjorde vondt."

"Det gjør vondt fordi du slåss. Slapp av. Gi deg selv til meg."

Samantha åpnet en skuff i nærheten og strakk seg inn.

Han trakk frem en kniv og gikk sakte mot Rachel med et stygt glis, mens han vinket rundt med den skarpe gjenstanden.

"Herregud!" Rachel gispet av frykt og tenkte at noe fryktelig skulle skje. "Vær så snill, nei! Min Gud! Min Gud!"

"Ikke vær dum. Jeg kommer ikke til å skade deg. Vel, ikke på den dårlige måten."

Samantha brakte kniven til toppen av Rachels kjole.

Hun kuttet deretter nedover og delte kjolen på midten.

Samantha la kniven på et bord i nærheten, og åpnet deretter toppen av kjolen og avslørte Rachels to runde bryster.

«Nå ser du ut som en ekte hore,» smilte Samantha. "Slutty makeup, pent hår, dyre hæler og en revet kjole som avslører de gamle slappe puppene dine. Alle tegn på en ludder. Er du ikke enig?"

Rachel nikket nervøst.

"Ja."

"Jeg følger alltid fire-tommers-regelen. Fortell meg, hvor stor er din manns penis?"

«Omtrent fem tommer,» innrømmet Rachel.

"Rogers er fem tommer, så jeg legger til ytterligere fire tommer. Som er totalt ni tommer."

Samantha åpnet en annen skuff for å hente en ni-tommers dildo.

Hun så på den og undret seg over størrelsen.

Hun satte deretter en stropp rundt skrittet og tok på seg 10 tommers dildoen.

"Vil du legge det inni meg?" spurte Rachel nervøst.

«Jeg skal knulle deg med det», svarte Samantha og smørte sexobjektet med smøring. "Har du noen gang hatt sex stående?"

"Nei."

"Enda en første gang."

Samantha sto foran Rachel.

De var ansikt til ansikt, bare centimeter fra hverandre.

Samantha var trygg og rolig.

Rachel var et nervøst vrak.

Seksuell spenning lå tett i luften.

Samantha bøyde seg frem og ga Rachel et stort kyss på leppene.

Det var glatt i starten.

Da mer lidenskapelig.

Så ble det tøffere.

Samantha bet lett på Rachels underleppe.

De fortsatte deretter å tungekysse.

Mens de kysset, senket Samantha hendene og løftet opp Rachels kjole.

Så ledet han spissen av strap-on-hanen til Rachels lepper.

Rachel spredte bena bredt mens hun reiste seg.

Dildoen ble rettet mot fitta hennes.

«Jeg skal trenge gjennom deg nå,» hvisket Samantha i Rachels øre.

"Vær forsiktig."

«Nei,» hvisket Samantha.

Mens de to kvinnene forble sammenflettet, presset Samantha hardt og gikk inn i Rachels fitte, og forårsaket et hørbart gisp.

Samantha ga et nytt dytt og gikk dypere.

Det seksuelle objektet ble dypere.

På et tidspunkt ble det ni tommer store sexobjektet fullstendig begravet inne i fitten.

Rachel stønnet og bena hennes skalv.

Samantha viste sin fysiske styrke ved å ta godt tak i begge lårene til Rachel i luften.

Rachel var helt fra bakken, hendene hennes dinglet fra tauet i taket.

Føttene og hælene hennes svingte vilt med Samantha som holdt bena hennes.

«Ikke slåss,» sa Samantha og holdt husmoren opp i luften. "Jo mer du kjemper, jo mer vil det gjøre vondt. Gi etter for meg."

Samantha lente seg tilbake og ga et nytt hardt støt, og presset dildoen lenger inn i fitten hennes.

Samanthas hender holdt en fast lås på Rachels ben.

Rachel hang i luften da dominatrixen kom inn i henne.

De var jævla.

De så hverandre i øynene.

Rachel gråt og gråt.

Men hun ba aldri Samantha slutte.

Hun turte ikke, men hun ville heller ikke.

Det var en del av treningen, og det begynte å føles bra ettersom kroppen tilpasset seg størrelsen.

Håret hans var rotete, det samme var føttene.

Hun likte å bli knullet av Samantha.

Kroppen hans sto i brann.

Rachels håndledd verket.

Huden rundt håndleddene hennes ble en mørk rød nyanse da kroppen hennes hang i luften.

Men smerten i håndleddene var ingenting sammenlignet med følelsen fitten hennes følte.

Det store sexleketøyet stimulerte nerver inne i fitten hennes som hun aldri visste eksisterte.

Skyttene fortsatte.

Hun skrek og skrek.

Hun gråt og gråt.

Hun stønnet og stønnet.

"Kom etter meg," sa Samantha og så på husmoren med glede. "Kom etter meg, din skitne gamle hore."

Rachel dyttet hoftene hennes.

"Jeg er ikke gammel!"

En orgasme rev gjennom kroppen hennes.

Rachel skrek av full hals.

Ryggen hans bøyde seg voldsomt.

Hun slengte de høyhælte skoene utover rommet.

Rachels fittevæsker sprutet overalt, og etterlot en seriøs jobb for rengjøringsdamen.

Da orgasmen avtok, rullet Rachels øyne tilbake og kroppen hennes slappet av.

Samantha slapp omfavnelsen og Rachel dinglet i en nesten dyster tilstand fra tauet rundt håndleddene hennes.

Samantha senket tauet og Rachels halvbevisste kropp lå på gulvet i et basseng av hennes egne varme juicer.

Da Rachel kunne åpne øynene, så hun at Samantha tok av seg korsettet, og etterlot seg selv helt naken.

Rachel kunne ikke annet enn å misunne Samanthas perfekte nakne kropp.

Samantha satt på gulvet og lekte med Rachels hår.

"Roger er heldig som har en orgastisk ludder som deg," smilte en helt naken Samantha.

"Jeg har aldri kommet slik før. Aldri."

"Jeg er glad jeg kunne være til tjeneste for deg. Men husk, jeg er dominatrix, du er den underdanige. Dette er for min glede, ikke din. Og så langt har jeg ikke kommet ennå."

Rachel hevet et øyenbryn.

"Hva har du i tankene?"

"Har du noen gang spist en fitte?"

"Nei."

"For en jomfru du er i alt. Kryp mot meg. Sett ansiktet ditt mellom bena mine."

Rachel gjorde det hun ble bedt om å gjøre.

Han krøp til ansiktet hans var centimeter fra fitta hennes.

"Kyss leppene mine," kommanderte Samantha og refererte til sin egen skjede. "Jeg elsker å bli kysset."

Rachel etterkom og kysset det ytterste laget av Samanthas glattbarberte fitte.

"Slikk den som en slikkepinne. Stikk deretter tungen inn som om du ikke har spist på flere dager."

Rachel fulgte ordre, slikket fitta hennes og smakte på de ytre væskene.

Tungen hans kjente hvert punkt på leppene.

Så stakk han tungen inn, slikket og sugde.

Det var første gang hun spiste en fitte, og hun skjønte at det smakte godt.

"Det er bra," stønnet Samantha. "Fortsett slik. Fortsett å slikke som en god pus."

Den en gang så beskjedne, primitive og ordentlige husmoren hadde raskt blitt en ekspert fittespiser.

Hun slikket og sugde entusiastisk.

Tungen hans strøk opp og ned.

Øyeblikk senere kom Samantha og slapp ut et høyt skrik.

Bena hennes skalv, så slappet hun av.

Samanthas øyne lyste opp.

"Herregud. Hvem visste at du kunne gjøre det så naturlig?"

Rachel smilte og la hodet sitt på Samanthas lår.

"Du vet godt".

"Det tror du?" spurte Samantha retorisk.

Rachel kysset dominatrixens lår.

"Ja."

De to kvinnene fortsatte sitt øyeblikk av gjensidig trøst.

Rachel lukket øynene og hvilte hodet på dominatrixens lår igjen.

Samantha så på den vakre husmoren og strøk henne over håret.

KAPITTEL 14

Dager etter.

Etter å ha hentet bagasjen hennes, skyv Rachel en vogn med to kofferter inni: den ene med de vanlige klærne, og den andre med de Samantha hadde gitt henne.

Hun så mannen sin vente utenfor.

Store smil ble returnert.

Roger var glad for å se kona så godt solbrun og avslappet.

Han løp til Rachel.

Hun stoppet vognen og ga ham en stor kvelende klem.

Det var et spesielt øyeblikk.

Hun ønsket at den dagen skulle være en ny begynnelse for ekteskapet deres.

"Jeg har savnet deg så mye," sa Roger.

Rachel la leppene mot øret hans og hvisket: "Du skal ta meg med hjem og binde meg til sengen på rommet. Så skal du dytte kuken din ned i halsen min. Og så skal du knulle meg. Forstått?"

Han gikk litt tilbake for å se godt på kona, lamslått av hennes stygge språk.

Det var en spesiell gnisten i Rachels øyne.

en sult

Et begjær.

Roger innså at kona hans var en annen kvinne.

Roger nikket og tok imot invitasjonen.

Rachel smilte og ga ham et kyss.

SLUTT

Don't miss out!

Visit the website below and you can sign up to receive emails whenever Erika Sanders publishes a new book. There's no charge and no obligation.

https://books2read.com/r/B-A-IGGS-GKPNC

BOOKS 2 READ

Connecting independent readers to independent writers.